歌集

スモークブルー

渡辺良

砂子屋書房

＊目次

I

あとがき　167

装本・倉本　修

歌集　スモークブルー

I

（二〇一二〜二〇一三）

紅しじみ

木のベンチにまどろむ老いの影のなか紅しじみ舞う美よつかのまの

みちばたのエノコログサのそよぎにも似て思惟ひとつ風に吹かるる

蝶々のとぶひざかりをおりていこう秋の石みちさそう孤島へ

聴診器（ステート）をあてる幼き胸の森とおくちいさくやまばとの鳴く

渇きたる冬の机上に真夜の手を離れて銀のペン先ひかる

捨つることすなわちひとを明らめてデルフィニウムの青の領域

風邪（ふうじや）なる変幻自在の微粒子のほしいまま遊ぶ鼻粘膜あわれ

荒れ庭にふゆの日だまりやわらかく置かれて寂しき洞察のごと

往診を終えてのぼれば野毛山の展望台にわれ暮れのこる

父よ

〈玉砕〉をまぬがれし父の無言劇の闇おそれいしわが幼年期

死んだまねしておさなごをこわがらせし〈父の戦争〉は理解されざりき

マラリアの発作に痙攣つづきたればテーブルに抑えられいし若き父

語られざる〈劇〉は封印されしまま生きのびて軍医の戦後はありぬ

うつむいて記憶の朽葉を掃いている老いたるそびらのなかの冬海

とおきわが生命記憶のくらがりに死ねざりし父のいのちたゆたう

いずこより黄蝶入りきて舞う部屋に老医（ちち）は床上排泄を拒否す

ベッドという戦場を低く唸りつつミオクローヌス発作つづく幾日

むつき替うるときのまうすき内転筋ひきしまる見ゆ　おゝ父よ

チアノーゼ斑の浮きいる足裏まで冬のあしたの陽は延びており

窓の彼方ハミングしている冬海にかすかにふるえはじめる胸扉（むなと）

宙（そら）のしたしずかに呼吸する森の蛍の明滅父は逝きたり

わたつみにしずむ冬の陽ちちのみの父の大腿骨を拾いぬ

古きカルテに織きペン字のやわらかく崩るるブルーブラックの字体

のこされし最後のエッセイ「幸福な死に向かって」を机に仕舞う

三月

こころ騒ぐ春のゆうぐれ伊勢佐木町有隣堂に来ているわれは

ヨコハマはジャズが似合うと貼られいる電柱の立つ角を曲がりぬ

幹枯れし桜のひこばえにおい立つまでやわらかき三月のあめ

霞ふかき春野を遠く巨いなる手にて攫われゆきたるものよ

あのとき僕は診察室（オフィス）に〈荷おろし抑うつ〉の壮年のこころと向き合っていた

三・一一以前の日々はアカリョムの中の草はらのごとく思ほゆ

パーキンソニズムの彼の遺せしブルゾンを着けて歩かな春の海辺を

春あさき休日急患診療所三ヶ月のあかごがわれをためすも

あかときの階に散りたるくれないの椿おびただしかたち濡れつつ

古井戸へ朽ち葉ひぞりて降る家に病むひとを訪うわれの三月

東北への着任をわれに告げ来たり後期研修おえてふたりは

北の吹雪く街路をふたり歩きしとことば短く伝えきにけり

黒蜜

ヘンデルの楽章の間を鳴く鳥よ一日おくれの日記書くあさ

衝立のむこうに坐る子羊ら雷雨にさんざめくような声する

（小学校健診）

明日のことわからないねと言いながらケシのはな咲く夕庭を過ぐ

うすべにが水にうつろう夕園や孔雀の声は蒼穹(そら)に絶えゆく

（野毛山動物園）

黒蜜のごとく孤独を愛したる老いびとひとり逝きにし五月

春の扉を吹きぬける風の心雑音大動脈解離スタンフォードA型

崩れたる崖に咲きいる姫蓮華つめたい希望われの保てる

かなしみの家の前にて門灯がしずかに闇を照らしていたり

階段のうえにかしいだ本棚が夕陽のなかをあおざめている

さかさまに眼鏡置かれて食卓は苦脳の晩餐を待つ夕ひかり

想い息（や）む日やあらざらむ野の彼方うすむらさきの雲にじみゆく

たましいの帰郷思ほゆ夏の森くろき轍の消えゆくところ

漆黒の夜空こがねの鏄はしり刹那照らしぬ夏うみの黙（もだ）

うつむいてわたしの中を歩みゆく緘黙少年を呼ぶ夕映えに

アブラゼミ

やさしいのではなくてやわらかい、そのようなひとびとの息遣い

死にざまの研究していし晩年の父の微笑を思うときのま

低線量放射線下に生くる子の〈新しい日常(ニューノーマル)〉というを思いつ

文学のまなざしにしか読まぬという金井秋彦の或る日の聖書

この世界を苦しみの受容器と記したるひとのありその歌を読みゆく

十四のゴールドフィッシュ放ちたり池はたちまち緋色の祝祭

うすべにの空を映して寄る皺の微かなるそよぎに耐えている水

延命も慈悲死*もあらず夜の深(ふ)けを木闇に短く鳴くアブラゼミ

*安楽死

わたしにはついに見えない君という森の遠さがうつくしい朝

めくりかえる去年(こぞ)の記憶のざんざんとあおき驟雨の路地を帰り来

眼を閉じて想う浜辺に辿りつく白くちいさき運動靴ひとつ

夏海のあなたを指して書く午後のペン先が紙をさいなむ音す

澄むみずの秋ふかぶかと書く手紙水引草の紅にふれつつ

ゆうやみが地上しずかにおりる頃ゆうやみのいろひとを染めおり

エノコログサ

秋は深き絶望を匿(かくま)うような手をして僕たちをいざないてゆく

風に戦ぐエノコログサの群生をああうつくしいとぞ眺めていたり

あしたまた来ますからねと言いしかな明日には会えぬ患者（ひと）の手握り

このおじさん誰なのかしらと言う少女、診ているわれの、おお誰なのか

唐突にわたしは治りますかと問う告知されたる老いびとにして

もうすぐにあちらにゆくよという人の心の音聴く　すでに微かだ

口腔アフタしみるはつあき書きなずむグリーフカードのさいごの一行

ゆくりなく吹くさみどりの風のなかひとのさいごの言葉がよぎる

プラタナス

うつしみのなかにやさしい霊がいてやさしいことばにひとを苛む

眼がおもう思いの量のあふれいづるいずこに果てつ静かなりし友よ

若き死者のことばいずくに彷徨うとも忘れておもうわれを導け

終末へのじかんの色の濃く淡く箸をゆっくり口にはこべり

苦には苦を見よとぞ診察室(オフィス)の夕窓に柿の葉もみじ燃えあがりたり

虐げられし幼き胸に育ちいるいっぽんの木になまえをつける

プラタナスの落葉の上に腰おろし金井さんのような雲をみている

草いろのすきとおる翅ふるわせてちさき蝶とぶ冬陽のなかを

父ゆきし道はここかと路地裏の枯れ葉の匂いの中を入りゆく

うずくまる闇の背中に手を置きて静かに「では」と立ちあがるとき

繭

坂多き町に老いつつ病むひとの静かにつむぐ繭を思うも

雪のふる未明の街を歩みゆくおおいなる掌のなかゆくごとく

嗅覚をまずうしなうという病あおき灯ともる部屋にし思う

老人用自働扉がひらくたび待合室に真冬なだれこむ

城塞のごとくエビデンスを積みあげていかなる朝を守らむとする

卵ひとつ茹でて鞄に放りこむ吹雪くひと日となるのであろう

すこやかなるのっぺらぼうということば古きノートの端に読みおり

彼は僕ではないということ知るために来ている冬の夜のミーティング

朝焼けの第三京浜疾駆するわれに真冬のバッハ充たして

約束のように窓辺にあらわるる木賊色して朝の運河よ

運河沿いの家に来て扉(と)のあけらるるまでみつめおりしわむ水面を

冬の家の外(と)の面(も)シャボンのただようを窓辺にみており患者も医者も

錫色にけぶれる富士を夕映えの台地過ぎゆく車窓に見たり

四十雀

石巻に働くきみにメールするさやけき冬のあさの空気に

遙かなるきのうという日をあぶりだす白きノートにふゆ陽差す午後

スクリャービン弾く左手を想いたり冬のみず顫う朝のたまゆら

その日より書き続けいる日録を宛名なき手紙と思うことあり

四十雀の雨覆いあわき草いろのにじむ思いをノートにしるす

うずくまる力となりて待ちいたり扉は内より開けらるるべし

満つることなきは心のならわしの深き患いというべきである

曇り硝子のむこうにはりつく肌色のヤモリ見ているわれ闇のなか

やわらかき釘のようなる字と思う「はま子をつれて伊豆に湯治に」

診療後のにがき珈琲かおる部屋舞い込むガチョウ血球供給要望書

「たすけられているのはじぶん」という医師の言葉静かに沈澱しゆく

いうことをきかぬからだとなりぬればからだのいうことをきくべくわれは

食事介助ロボットの手が食のせて人体の入口までのびてゆく

すこしだけ石巻の看護師(ナース)とわかりあうところまで来たと伝えきにけり

臥すひとへの言葉ほろほろと舞い散りぬ鞄を背負いわれの立つとき

早めるも遅らせもせずわれはただ窓に流るるすじ雲を追う

カクレミノ

喪失のほんとうはいまだみえざるをフリージア咲く季は来たりぬ

濃いピンクのガーベラのような一日とつと思いふりかえることをせず

「平和」ということばをついにくちびるにのせずと丸山豊の戦後

春の夜の父の象牙の聴診器ふるき机の奥に眠れる

蠟燭の炎のゆらめきに類えられし老いの時間をおもう夜半にて

カクレミノゆうやみに染まる路をよぎり昏睡の瞳（め）のなかゆくごとし

いる筈のひとがいないということの嗚呼なんという楡の朝焼け

動物園見下ろす丘にいき深くととのえており　苦悩老いたり

最初でさいごの言葉さながらほほえみが春の坂道を転がりゆけり

たえがたき痛みをしばし真っ白な関係のガーゼにくるまんとする

鼻梁

鼻梁濃くみえている病室(へや)ひとに挿すことばは初秋のいきに似てあれ

鏡の中の鏡にきのうのわれが映り夏の農夫のように去りゆく

両の掌に汲む八月のみずのおくたちまち暗みゆくそらがある

なんという長いながい滑走路だあがりゆくのかおりてきたのか

わが前にいま近々と横たわる〈悲哀の洞窟〉と呼ばれたる身よ

モルヒネを打たれたる身を遊ばせて白桃におうばかりに良夜

かんぺきにケアのプランは作られてあなたは病む島に取り残されて

目線ということばに医療の質を問うたったふたりの会議なれども

久しぶりに道を歩いて喜んでいるのはわたしのあしですという

患者の横に布団を敷きて泊まるという郡山の老医の話を聴きぬ

II

（二〇一四〜二〇一五）

コオロギ

いのちある死体さながら生きいると聴きいしこころをわがさまよいぬ

奪われし声の恢復を希(ねが)うときき きみはもっともじゅんすいである

コオロギの声で小さく鳴いているまろきそびらに耳あてており

医者の言葉を信用してはいけないと言う医者をきみは信じようとす

終わるため開かれているノートの上ひっそりと秋の手が置かれおり

それはまるで一羽のとりが白き羽をむしりとられてゆくようだった

せんせいがもう一人どこかにいるような気がしますと言うそうかもしれぬ

こんなときリウーよ君ならどうするか味爽(よあけ)の海を見んと来る丘

風草

静かなる喘ぎを落ち来るひとひらにわが歩み入る秋の林道

聴かるべき井戸の沈黙のしたたりを隠してひとはわが前にすわる

『夜と霧』書棚より抜かれ書棚までもどりくる間に伸びし風草

たれからも見えない医師であることをふとも希(ねが)いつ秋のひかりに

紅葉坂の急こう配がふいにこたえみなとみらいをふりかえりたり

丘の上の公園は秋ひそやかにジュビレ・デユ・プリンス・ドウ・モナコは
咲けり

このぼくがぼくでなくなる日の海や空やその日の君を想いぬ

物語（ナラティヴ）という眼にみえぬ川流れながれていつか海となりゆく

ふたつと同じ道のなければわれという時間に深く夕日の差しぬ

ひと去りし夜の椅子へと垂直にしたたり落つる冬天の創

残照の椎の木末(こぬれ)に尾長らの緋の交歓をながめて帰る

冬の夜ふけ隠喩のころもに包まれて医師は往診鞄をひらく

ゼロプロセス

「災禍(わざわい)をも亦受けざるを得んや」わが老いたるヨブのことばを聴きぬ

冬ふかくこもりし部屋に立ちあがる訂正不能のことばのごとく

幼きわれを夜の窓から放りたる父のなかなる凍る記憶（ゼロプロセス）よ

サキソフォンの音が夜明けの遠空をふるわせている其処にいくのだ

かの胸の索状影に似し雲が診察室（オフィス）の窓をしばしうつろう

そこにあなたは居るはずもなく今しわが暗き胸処にやすらうゆえに

病むものに向くとき特殊のホルモンの出ずると書けり渡邊房吉*

*祖父・外科医

亡き母の部屋を静けく降る雪のさいごに与えしひとさじの白湯

てのひら

折々に胸をちいさく刺す痛み庭に啼くのは四十雀だな

雪晴れのまさおなる空いっぴきの白きさかなが泳ぎゆきたり

それはそれはほんとにちいさな池だけれどわたしのほかにたれも知らない

てのひらをてのひらに重ねる様にして汝の扉をあけんとしたり

さむい肩をたしかにたれかが触れたのだ深夜扉をあけ出でゆくわれの

収容所に死にたる少女への憎しみがわたしの中にも在るというのか

海を視るひとのまなこに砕け散る春うらさむき夕微光かな

憂悶が人形の目をして坐り居りひと去りしのちの青き夜の椅子

鷗

いつのまに眼（まなこ）とじらるるごとくして街角の履物店ひとつ消えたり

眼に見えぬ拘束衣ゆるりと脱ぎ捨てるように春の夜われに入りくる

しろい叫びの尖端刹那のきらめきに飛び去る春の海の鷗よ

夜ふかく診療ノートをひらきおりきらめきを遠く過ぎゆくひとり

エレベーター使わず階段のぼりゆく　患者（ひと）の中なる沼を想いて

ゆうやみの奥に一枚の画布ありてエニシダの純黄にじみゆくみゆ

まっしろなページのうえに横たわる大いなる問いの手足をさぐる

春楡

寝台の敷布が果てなき海となりやがて大波がやってくるのだ

胸の音三つ四つを聴きわけてひとつは春楡の枝を吹くかぜ

野毛山の背中のあたり椅子(ベンチ)に座り夕日をみつめるわれと遇いにき

象牙色の薔薇の夕映えきそ翔ちし鳥の行方をわれは問いしを

来るはずのその日はついに来なかったそのようにしておわるであろう

それをのむところがそっとさむくなる錠剤ひとつ手にのせている

薄き布団はがして「寒いね」と笑いかける僕は知らないきみの寒さを

書きなずむ診療録の余白にし瀕死のかなしみひとつたたずむ

じっとりと靴に沁み込む夏のみずがこころのへりまでせりあがりくる

おきなぐさ

難破船のごとしと形容されたるはウイルス*と闘う武器もたぬ医師

*エボラ出血熱

闇が来る前の物干し台のかげがブリューゲルの絞首台に似ている

おきなぐさ空に翔ちゆく　苦を負いしいきの果たてとわが知る朝を

素足にて世話（ケア）するひとのひざまずくとき足うらに冬陽は憩う

グレーゾーンひそかに域をふやしつつやがてわたしを塗りつぶすだろう

カサブランカのみおろしているベッドにて如何なる音色に逝きたりしかな

鉄条網のうえに静かに雪降り積む今日アウシュヴィッツ解放七十年

逝きし日をさかいにわれの扉（と）をあけて移り住みたるひとり在りにき

横書きの『錐体外路』を読む夕べ外はみぞれとなりたるらしも

「デスペア」＊の像（かたち）おもわせ臥す女人（ひと）のそびらに冷たき聴診器（ステート）そわす

＊荻原碌山

運河

境之谷、藤棚、霞ヶ丘わがキャッチメントエリア暗闇坂も

咳漱と呼ばるるくうきの噴出を鎮めんとして麦門冬湯（ばくもんどうとう）

庭に咲く冬の黄薔薇を頭上なる鏡にみているベッドのひとは

階段をのぼれば足下に朝の照り運河は遠きあくがれのごと

水雷艇「鵯（ひよどり）」に父ののぞみたる美（は）しき玉砕かなわざりにき

患者らとカラオケに興じる晩年の父を疎みしこともありにき

マザーグースの気ぐるいびとの歌ぞ湧くみなと風ふく白きベンチに

十薬の四ひらの白きはなひらく暗きかたへと行かむと思う

ハムステッドヒースの寂びたるパブにしてこげ茶の闇の香ぞなつかしき

もちどりのもちに類えてのべられしひとのこころの春ぞ闌けゆく

ポケットを裏返し見む感覚に夕闇満つる部屋に入りゆく

ヒツジグサ

達観をしたる町医と呼ばれしがヒツジグサ閉ずる水辺にすわる

ドアノブに触れたる刹那さりげなく突き刺すような顔を向けくる

おもむろにわたしは影だという声すかくれみの葉を垂るる道のべ

妄想はなぜひつようか黒揚羽にわの繁みにきょうも来ており

ただ息をしてるだけです　常臥し(とこ)の老いの艶ある唇(くち)はつぶやく

ハリソン*の新刊を買うか買うまいか　そうして人生は過ぎてゆくらし

*米国内科教科書

みなとみらいのビル群とおく見ゆる丘に立ちて待ち居りあさのひかりを

マンシェットのそそけだちたるところにし悲しみ淡くあわくけぶれる

断定をしたるわたしは疎まれる病むひとの眼にそしておのれに

ひっそりとヌスビトハギの揺れているところを過ぎて醫院にもどる

Ⅲ

（二〇一六〜二〇一八）

腐葉土

本を読むためのホテルに蝶といて林のむこう湖(うみ)しずかなる

老いゆくはグレイになりゆくことらしい雨にけぶれる臨港公園

「脅威から日本を守る」若き父がいつか聴きいし言葉ではないか

ニューギニアに片眼失い生き延びしを外科医なる父は殺されにけり

わたくしは腐葉土でしたというひとを診ている秋の窓暮れやすく

空蟬のかたちに臥せる老いに添う援助と呼ばるる暴力がある

見まもりという消極をうべないぬ秋陽に透る耳朶(じだ)うつくしく

いまここに消えなむとする蠟燭の炎をまもる掌(て)のようなもの

秋のよるいちばん身近にいる他人(ひと)と海をみおろす店に向きあう

デルフィニウム

砂塵をまぶした墨絵のような富士みゆる黒く大きなかなしみのなか

十月の雨ふる土曜の午後われは物忘れカフェに来て坐りおり

酷き老のこころの庭のせせらぎに洗われている午後のカフェにて

眼に見えぬ傷はあるときひとを支えあるときひとを死へ追いやりぬ

死が生を完成させるとふと思うとうかえでの葉散りやまざりき

生きながらわたしがわたしを定義する　デルフィニウムの青を愛する

生の果て海辺の病舎に泊まりいてひかりのような死（それ）を視ていた

声のなくわたしのなかをゆくたれかただとぼとぼとあしひきずりて

「毎日があの日のままです」しかすがにひとはその日を必要とする

ヤマボウシ

ヤマボウシもみずる息のかたえにてひとり立つとき秋は深まる
兀座（こつざ）するひとのまなこは閉じられて口角わずかに歪むをみたり

外に出られぬ言葉に窒息することもあらむとブロイヤード*は書きぬ

*『癌とたわむれて』

ほんとうに理解できたら凍りつくだろう無言微笑のせかい

ささくれは毟りとられつ白蠟のごとく冷たき細き指より

スリッパのそばに落ちてる鉛筆が寒さの午後をちさく耐えおり

昏睡のひとの水面(みなも)に釣り糸が微か揺れつつ垂れている見ゆ

過ぎゆける今にこだわり生きているきみの遺したブルゾンを着て

内側に入りて仕事をするひとに落葉の森は祝祭のとき

ゆたかなる老いがどこかにあるらしい乾きたる目に薬さしおり

ステート

それを胸にあてられたのは初めてです老いびと言えりつぶやくように

せんせいはわたしの音を聴いているもうすぐ消えるわたしの音を

聴診器（ステート）がわれと病者をつなぐとき生まるるものは詩に似たるかな

ラエンネックが妊婦の胸に耳あてぬそこに始まりし聴くことの技

聴診器が白衣のポケットに眠るころうずきはじめる胸のあるらむ

壁に向き臥すひとの背にステートをあてれば遠き草笛のおと

看護師長(シスター)のくびに掛れる桃いろの聴診器歩くたびに揺れおり

ステートがわたしの朝を待つらむか悪性の風邪が流行(はや)りはじめた

胸の上に聴診器そっと置かれしを瞑想に入るわが耳なりき

ステートはおのれをしばる枷であるわれを脱がむとする夕ぐれに

脳弓

あらがいのかたちにひもが落ちており支えられ老父の去りたる床に

爪をきる音しずかなる韻きにて生きねばならぬ夜の過ぎゆく

午後二時の斜めのひかりわれを刺し聖堂に入りゆくアリョーシャおもう

たましいの領野のごとく春の水ひかれる椎の疎林をゆきぬ

ひきこもりの手記に書かれし「魂の殺人者」とはわれのことなるか

階下よりひときだごとに重くなるひとの足音（あのと）に耳を澄ませり

生くるわが動物的欲念を支えいる脳弓という神経の束

夏の落葉そのひとひらの土色の反りを机の端に置きいつ

あてどころなき手紙（ふみ）のごと黒揚羽さつき闇なす庭に舞いおり

看取りたるのちにひとりの死者が生まれぼくのこころは歩きはじめる

芙蓉

小さなる部屋は栖（すみか）と呼ばれおり施設をいとう老いのこころに

咲きのぼる芙蓉の花のうすべにのほのぼのとしてひとの頬見ゆ

午後七時の暗闇坂を沈みゆく火の玉のごとき球体がある

「どのようにあなたは耐えているのですか」アーサー・クラインマン*静かに
問いぬ

*『病いの語り』

いちめんに「まよいでしょうか」と書かれたる葉書をハガキ立に挿したり

君を繋ぐ糸がみえないままわれは生(いのち)の翳をなぞらむとする

窓枠に切り取られたる午後四時の意識の縁(へり)が疼きはじめる

リスペクトリスペクトそしてリスペクト呪文唱えつつ患家を出づる

残されし仕事は死すことのみと言う　九十年を生きて来しひと

かりん

絆創膏とハサミと黒き聴診器わがポケットに秋の道ゆく

肺炎は〈老人の友〉オスラーの医を支えいしアートを思う

たまわりしかりんの実ふたつ往診の帰路の車の座席に香る

ネクタイを紐のかわりに使いいし金井秋彦の晩年様式（レイトスタイル）

病気は君のひとつの顔であるゆえにその顔にわが対いていたり

今日のきみは少しどこかが違っている庭のエゴノキに雨の降る朝

枝分かれしたる路地奥まよいおり町医者ひとり宅診の夜

あたらしい耳を探せる旅人よわたしは一脚の椅子にすぎない

ぼくは君の防波堤でもあったのだ寄せかえす海の春の波頭よ

『わが裡なる君へ贈る歌』手にとれば窓よぎりゆく冬の鳥影

カルペ・ディエム

引き算の生(いのち)をまもるごとくして二月を越えつ三月の雨

マイケランジェロのようなる雲がひとけなき街路のかなた見ゆる午後三時

しずくのような笑みうかべいるくちびるがわれのくるしきまなざしを呼ぶ

診るという密なる時間を臥すひとの生くる地平の端に挿しゆく

つくってはいけないいはずの傷あとをつくってしまう医療者われは

梨の花に雨の降りいる朝にして死者の横顔透きとおりゆく

てんごくもぢごくもこのよしんだならすべては無なりと鳥のうたえる

この先もじぶんの場所にいるためにあなたはあなたであるほかはない

手押し車が春のひかりに濡れているエゴノキの白き花さく小路

ものの芽の雨に濡れいる路地を来てひきこもる力というを思いぬ

死に至る病いをひとの癒えずして春鳥のこえカルペ・ディエム*

*今を生きよ

虞美人草

六月のグビロが丘をのぼりきつ緋紅の花を吹く風のうた

荒れし庭に虞美人草は咲きいたり悲劇の記憶のなかをしずかに

四五本の虞美人草はしみじみと咲いておりたりグビロが丘に

長崎大学原爆医学資料室西森一正の血染めの白衣

はつなつの昏(くら)きひかりを浴びいたるシーボルトの胸像の前に佇ちおり

永井隆を看取りし看護師（ナース）たれからも看取られず逝く虞美人草よ

長崎は暮れがたかりきじっとりと幾重の受苦を地下にたたえて

スモークブルー

夏つばめ朝のまなこを洗いたり静かに遠く空あおぐとき

黄なる杖立てかけられている夏の午後の待合室の閑けさ

夢ということばのような花の色オンシジウムを窓辺に置きぬ

水たまりの中に夏空みつけたる子は立ちあがるまなこ涼しく

スモークブルーの空がゆっくり下りて来る夜の汽車道わたりゆくとき

となり家の屋根の切り取る夏空の稜線とおく死をみつめおり

かの夏の一日(ひとひ)病いのなかにいて苦しく舞踏していしひとよ

夏つばき白つややかに咲くところ宙(そら)のひかりをひたにあつめて

八月の朝のとびらに待ちいたる蜥蜴いっぴき濃き瑠璃色に

何気なく「行ってくるね」と手をあげしその永遠はもどることなく

開くドアに通路を行けばたれもおらぬエレベーターがわれを待ちおり

水の上に浮かぶ落葉のふるえにも似てわが聴きつ患者(ひと)のことばを

光失うところに影の生まれくる炎帝の野を行く医師ひとり

盛り上がりつつ崩れいる噴き水の美(は)しき極みに顔よせている

夜の椅子

三宅島に緑のもどる記事読みて島に帰りしナースを思う

クリニックの門に樺色の雨傘が立てかけられて秋が来ている

ビュルゲルもササルも自死を選びたり虫の音ようやく静まる夜ふけ

暗澹とただあんたんと聴きおりぬ「人生１００年構想会議」

『安楽に死にたい』を書きし松田道雄はた安楽に逝きたまいしか

「戦友の夢をまいにちみています」　百歳翁の血圧正常

なめらかに着地する場所決めかねつたやすくはないおわりの仕事

夜の椅子に射しくるひかりの角度ありKイシグロのことば聴きいつ

てのひらにすこし余れる紅玉の香りくる死というを思いぬ

散りはてし落葉の世話をするひとになごむ思いをわが伝えたき

いのちより大事なもののあるというひとのnarrative(語り)の岸辺に佇む

冬薔薇（そうび）剪りたるわれの深処にて静かに尖るかなしみのある

暮れなずむ丘にのぼりて甲高き孔雀の声をわれは聞きおり

痴愚神

こぼれくる花弁ひとひら山茶花の白という意志けざやかにして

シベリアのいきひそめつつ冬鷗わがたましいの水際をよぎれ

それは僕のせいではないが僕のせいでもあるんだよ　動かない雲

われのすべてがふりむく時間と化す朝をどんなひかりが迎えるだろう

土佐水木の乳白の芽のふくらみの萎む思想に寄り添いてゆく

君には君の国境があるしかすがに幾たび越境したる過ぎゆき

言葉より先に溢れくる涙のような君の介護の日々を知りおり

削がれたる思想さながらいっぽんの樹がある空と対話している

痴愚神をわがアネクスに匿いて冬さわがしき生を耐えゆく

歳晩の街路をゆけば夕さりてギリシアの合唱隊(コロス)の声きこえくる

霞　橋

池の面へ枝先垂るる冬の木にカワセミ一羽とまりていたり

北支にてダムダム弾を受けし痕ズボンをさげてわれにみせおり
（往診のたびに同じ傷痕が曝された）

一輪の花にはとてもかなわない　呟きながら去りゆく者よ

霞橋にもたれ日の暮れわれは見つ海へと向かう遠い帆影を

「石だってしゃべりたくなる時がある」拘縮の手の書きたるメモに

かなたより灯火(ともしび)揺るるごとくして聞こえて来たりラシーヌ賛歌

赤い月がポプラの頭上にかかる頃なぜ先に逝くやさしきひとは

山茶花のはなびら落つる庭隅の無音をふゆのまなこは視たり

眼と耳と指がおのずと働きてわれは暗愚なるＡＩのごと

蒼鉛のごときひかりに静まれる帷子川の冬をわたりぬ

死者の眼で愛する者と食事する冬のテーブルひかり静けく

防日区隔室

真夜にして鳴るケータイに伸びる手はまだ眠れざるArzt（アルット）のもの

町医者に時間の外はあらずして冬のアスリートを思う夜の道

呼吸するいきがしだいに密になり言葉は重さを失いてゆく

いつしらに海の囁きそのものになりゆくいのちに頰よせている

もろともに苦しみやがて茫々となりゆくわれの生(いのち)とおもう

独り居の君ゆきしのち路地奥に濃き空っぽがひとつ生れたり

遠くから濡れ色に鳴く鳥のいて雨くる夕べわれの発つべく

こげ茶色の小さき手帳に生くるべき明日の記憶を書きつけている

テーブルにひとつアボカド置かれいる人の愁いを杳(くら)く隔てて

おのずから出でくるいきの強弱がひとの生(いのち)の意味を彩る

センテネリアンうたごえ美(は)しき切れながの春の霞のあおげばとうとし

今日を守る心の装置をオスラーは防日区隔室と書き記したり

ホスピターレ

やがてこの軋む躰を去る日あれ小夜ふけて聴く死者への哀歌

隙間から向こうへすべりこんだまま一年たっても帰ってこない

健康がおのれを見えなくさせているしからばそれを健康というか

傷つきし旅びともてなす家があるホスピターレと呼ばれし処

その生のさいごの証人なるは死者ふりかえりつつカルテを綴じる

往診に使い捨てスリッパ携えしあの日のわれを蔑むべしや

朝の庭に見しは柘榴の花の朱（あけ）わがまならをひと日責めいつ

かすかなる傷がいつしか精神の瘤となりゆくさまをみており

深きより滲み出で来る感情の懸崖としてひとの顔あり

海に向くしろき椅子あり夕やみが今し降りきてしずかに包む

老耄（ろうもう）の果ての荒野を思いつつ今日いちにちのはじまりに立つ

長生きは罪と述べたる女(ひと)の顔思い出しおりわが熱疲労

ケアというタペストリーを織りあげるひとのハミング聴く夏の部屋

ゆうぐれの空を行き交う蚊喰鳥おそ夏の野をめくらみて行けり

あとがき

これは『日のかなた：臨床と詩学』に続く5番目の歌集になります。二〇一二年から二〇一八年まで歌誌「未来」に発表した作品から選びました。三・一一以後、父を亡くしたのちの時期に重なります。外科医であった父は戦地ニューギニアの密林で片目を失いながら奇跡的に生き残り、戦後は町医者としてその「おまけの人生」を生きました。父のあとを継いで私も町医者になりました。在宅療養支援診療所の医師として、地域の人々の生老病死に向き合う毎日です。

軍医であった父は幾冊かの戦記やエッセイを残しました。しかし、その生涯のさいごを看取り、私が今思うのは、父はすべてを語ることなく亡くなったということです。そしてその語られない、いわば凍結された記憶はそのまま私のなかに無意識のレベルで引き継がれているということ、それは確かなような気がします。
この歌集は前歌集に引き続き、町医者としての日常を材料としていますが、その忠実な描写というより話ことばでは伝えることの困難な内部の混沌を表わそうとしたものです。
岡井隆氏が令和二年七月十日亡くなられました。随分昔に「医者同士で一度歌会をやりませんか」と言われたことを思いだします。それは実現しませんでした。今から思うと少し残念な気もします。
今回も砂子屋書房田村雅之様、装本は倉本修様にお世話になりました。厚く御礼申し上げます。

令和二年十一月

渡辺　良

略歴

昭和二十四年横浜市生まれ

慶應義塾大学医学部卒業

昭和五十二年「未来」入会

現在　町医者

神奈川県医師会歌壇選者

歌集　スモークブルー

二〇二一年一月一八日初版発行

著　者　渡辺　良
神奈川県横浜市港北区高田西五―一二―七（〒二二三―〇〇六六）

発行者　田村雅之
発行所　砂子屋書房
東京都千代田区内神田三―四―七（〒一〇一―〇〇四七）
電話　〇三―三二五六―四七〇八　振替　〇〇一三〇―二―九七六三一
URL　http://www.sunagoya.com
組　版　はあどわあく
印　刷　長野印刷商工株式会社
製　本　渋谷文泉閣